中国文化经典基础教育诵本

唐诗精选

吴小晴　主编

黄河出版传媒集团
阳　光　出　版　社

图书在版编目（CIP）数据

唐诗精选 / 吴小晴主编. -- 银川：阳光出版社，
2016.8（2020.12重印）
（中国文化经典基础教育诵本）
ISBN 978-7-5525-2960-9

Ⅰ.①唐… Ⅱ.①吴… Ⅲ.①唐诗－诗集 Ⅳ.
①I222.742

中国版本图书馆CIP数据核字(2016)第220145号

中国文化经典基础教育诵本　唐诗精选　　吴小晴　主编

责任编辑　贾　莉
封面设计　民谐文化
责任印制　岳建宁

黄河出版传媒集团
阳　光　出　版　社　出版发行

出 版 人　薛文斌
地　　址　宁夏银川市北京东路139号出版大厦（750001）
网　　址　http：//www.ygchbs.com
网上书店　http：//www.shop129132959.taobao.com
电子信箱　yangguangchubanshe@163.com
邮购电话　0951-5047283
经　　销　全国新华书店
印刷装订　河北燕龙印刷有限公司
印刷委托书号　（宁）0019197

开　　本　710 mm × 1000 mm　1/16
印　　张　8.5
字　　数　102千字
版　　次　2016年11月第1版
印　　次　2021年1月第2次印刷
书　　号　ISBN 978-7-5525-2960-9
定　　价　25.50元

编者的话

古往今来，绵延五千年的中华文化，一直滋养着生生不息的华夏民族，多少仁人志士，在国学经典的引导激励下，谱写了一曲曲慷慨激昂的壮丽篇章。那些饱含圣贤宗师心血的经、史、子、集，历经发展和丰富，融入了中华民族的血脉，铸就了中华民族的脊梁，毋庸置疑地成为宝贵的文化遗产、浓缩的至理名言、永恒的精神食粮、深奥的智慧结晶。

这些国学经典，字字珠玑，篇篇隽秀。其中哲言警句、诗词寓言、成语典故、道德伦理、人文史话、风俗礼仪等无所不有。在全社会开展社会主义“八荣八耻”荣辱观教育的今天，在各学校努力培养德、智、体、美、劳复合型人才的同时，让学生捧读国学经典，和圣贤“对话”，与古人“沟通”，树立“天下为公”的理念，培育“爱我中华”的情衷，无疑具有深刻的现实意义和历史意义。

为此，我们精心汇编了易读、易记、易学、易用的国学启蒙教育丛书——《中国文化经典基础教育诵本》，共有《论语》《孟子》《尚书》《大学》《中庸》《礼记》《孝经》《诗经》《易经》《春秋左氏传》《三字经》《千字文》《弟子规》《增广贤文》《笠翁对韵》《幼学琼林》《唐诗精选》《宋词精选》十八册，旨在使少年儿童自幼养成仁慈博爱、乐施行善、孝亲敬师、包容宽厚、诚实守信、自强进取、好学勤劳、谦虚谨慎的传统美德。

另外，我们针对少年儿童心理、生理、能力、智力的特点，分别设立了“快乐诵”“注译窗”“博学角”“智多星”“七彩板”五个版块。并以其译文精确、故事贴切、图文并茂、寓意深刻等特色，极大地满足并迎合了少年儿童学以致用、模仿互动的需要。

亲爱的小读者：当你们看到“启明星”早早地在天边迎接太阳冉冉升起的时候，一定会明白我们编写这套丛书的初衷。但愿这颗“启明星”能与你们相随相伴、相融相通，帮助你们实现高品位、高质量的美好人生。

目录

唐诗精选

快乐诵

咏鹅

骆宾王

鹅，鹅，鹅，曲①项②向天歌。

白毛浮绿水，红掌③拨④清波。

看看下面的注释和译文，你就知道它是什么意思了！

①曲：弯曲。

②项：脖子。

③掌：脚掌。

④拨：拨动。

全诗大意是：鹅，鹅，鹅，弯着脖子向着天空唱歌。它雪白的羽毛漂浮在碧绿的水面上，红色的鹅掌轻轻地划着清澈的水波。

博学角

骆宾王七岁作诗

唐朝初期的著名诗人骆宾王，小时候就非常聪明。七岁时，有一天他家来了客人。一家人忙着招待客人，骆宾王就独自一人跑到池塘边玩去了。

池塘边有很多美丽的花草，草丛中不时有小虫子跳来跳去。柳树枝条一直垂到水面，在微风的吹拂下把水面划出一道道波纹。池塘里一群大白鹅正在嬉水。骆宾王捉了几只小虫子朝水里扔去，鹅群赶紧向这边游来，就像一团团白絮在水面漂浮。红红的脚掌像小船桨一样划水，清清的水面上泛起了涟漪。

骆宾王最喜欢大白鹅了，他捡起一根木棍，在地面上画起了白鹅游水图。

这时候，家人因不见了骆宾王，找到了池塘边。客人也跟了来，正好看到地上的画，还真有些像呢。

于是客人灵机一动，想考考这孩子，因为他早就知道这孩子聪明异常，便指着白鹅叫他作一首诗。骆宾王朝着水中想了一会儿，就高声吟诵起来：

鹅，鹅，鹅，曲项向天歌。

白毛浮绿水，红掌拨清波。

客人听了，夸赞骆宾王是个小神童。这首诗也很快流传开来。

智多星

说一说

你知道饲养鹅的有关常识吗？如果不知道，请问问老师和家长，有条件的话可以到饲养场去参观一下。

七彩板

王羲之爱鹅

晋朝大书法家爱鹅，不管哪里有好鹅，他都有兴趣去看，或者买回来观赏。他认为养鹅不仅可以陶冶情操，而且从鹅的体态姿势上和游泳姿势中，可以体会出自然就是美的精神以及书法运笔的奥妙，领悟到书法执笔、运笔的道理。他认为执笔时食指要像鹅头那样昂扬微曲，运笔时则要像鹅掌拨水，便能精神惯注于笔端。

易水①送别

骆宾王

此地②别燕丹③，壮士发冲冠④。

昔时人已没，今日水犹寒。

看看下面的注释和译文，你就知道它是什么意思了！

①易水：河流名，在今河北易县境内。

②此地：即易水岸边。

③燕丹：战国时燕国太子丹。

④发冲冠：头发上竖，把帽子都顶起来了，形容极端愤怒。

全诗大意是：当荆轲在易水岸边告别燕太子丹时，壮士们都怒发冲冠。昔日的人们都已经不在了，而今日的易水却仍然充满了寒意。

博学角

荆轲刺秦王

荆轲是卫国人。卫国被秦国灭掉后，荆轲就逃到了燕国。

燕国的太子丹曾经被留在秦国当人质，后来他逃回燕国，发誓要报仇。为了实现报仇计划，他收留了秦国的叛将樊于期，有人又向他推荐了荆轲。

太子丹把自己的计划告诉荆轲，说：“我想请一位机智勇敢的人充当使者去秦国，用重利诱惑秦王。现在秦王最想得到的是樊于期将军的头和燕国最富饶的地方督亢(在河北省涿县一带)的地图，如果带上这两件礼物，秦王一定会接见你，那时你就可以刺杀秦王了。秦王一死，各国联合起来就可趁机灭秦报仇了。不知你愿不愿意担此重任？”经太子丹再三恳求，荆轲答应了。

太子丹准备好了督亢地图和一把浸过毒药的匕

首。樊于期为了报秦王杀他全家的仇恨，甘愿献出自己的头，于是自杀了。太子丹又派一个名叫秦舞阳的勇士做荆轲的助手。

这一天，荆轲和秦舞阳带着地图和装着樊于期头的木盒子动身了。太子丹和高渐离等都是白衣白帽，像送孝一样，一直把他们送到易水边。高渐离击筑（一种乐器），荆轲饮完酒高歌道："风萧萧兮易水寒，壮士一去兮不复还！"歌声悲壮，送行的人都失声痛哭起来。

公元前227年，荆轲来到了秦都咸阳。秦王听说燕国送来了礼物，十分高兴，下令接见燕国使者。

那天，荆轲很镇静，秦舞阳看到宫殿威严，吓得脸色发白，秦王就让他在殿下等候，只叫荆轲一人上了大殿。

秦王验过献上的人头后，荆轲又献上地图。秦王边打开地图边看，忽然一把明闪闪的匕首露了出来，秦王吃惊地跳起来。

这时，荆轲用左手抓住了秦王的袖子，右手拿起匕首就朝秦王刺去。

秦王使尽全力挣断了袖子，然后绕着殿上的大圆柱边躲边跑。荆轲在后面紧追不放。

大殿上的官员都被眼前的情景吓呆了，只是没有得到秦王的命令，他们不敢上来。

秦王想拔出剑，但剑身太长，怎么也拔不出来。有人提醒他：“把剑推到背后，从头上往外拔!”他才拔出剑。

此时，荆轲已举起有毒的匕首，朝他刺过来。旁边的一个御医急中生智，把装药的袋子扔过去，打中了荆轲的右臂，匕首刺歪。

秦王趁机挥手一剑，砍断了荆轲的一条腿，荆轲忍痛将匕首向秦王投去，秦王一闪身，匕首从耳边飞过，扎到柱子上。

荆轲空手抵抗，被重刺八处，他靠着柱子，笑骂秦王：“我没有早下手，本来是想先逼你退还燕国的土地……”话没说完，秦王的侍臣上前杀死了他。秦舞阳在殿下也早被杀死了。

智多星

说一说

“荆轲刺秦王”和“刺客传”最早出自哪两本史书？这两本史书的作者分别是谁？在这两本史书中你还知道哪些经典故事？

七彩板

《水上歌》出处原文

“太子及宾客知其事，皆白衣冠以送之。至易水之上，既祖，取道，高渐离击筑，荆轲和而歌为徵之声，士皆垂泪涕泣。又前而为之歌！‘风萧萧兮易水寒，壮士一去兮复还！’复为羽声忼慨，士皆瞋目，发尽上指冠。”

中秋月

李 峤

圆魄①上寒空，皆言四海同。
安知②千里外，不有雨兼风。

看看下面的注释和译文，你就知道它是什么意思了！

①圆魄：指中秋圆月。

②安知：哪里知道。

全诗大意是：天上升起一轮明月，都说每个地方都是一样的月色。哪里知道远在千里之外，就没有急风暴雨呢？

博学角

中秋节

每年农历八月十五，是我国传统的中秋佳节。这时是一年秋季的中期，所以被称为中秋。

在中国的农历里，一年分为四季，每季又分为孟、仲、季三个部分，因而中秋也称仲秋。八月十五的月亮比其他几个月的满月更圆，更明亮。

这个夜晚，人们仰望天空皎洁的圆月，自然会期盼家人团聚。远在他乡的游子，也借此寄托自己对故乡和亲人的思念之情。所以，中秋又称“团圆节”。

智多星

连一连

元宵节	农历八月十五
中秋节	农历正月十五
端午节	农历正月初一
春　节	农历五月初五

吴刚折桂

相传月亮上的广寒宫前的桂树生长繁茂，有五百多丈高，下边有一个人常在砍伐它，但是每次砍下去之后，被砍的地方又立即合拢了。几千年来，就这样随砍随合，这棵桂树永远也不能被砍光。据说这个砍树的人名叫吴刚，是汉朝西河人，曾跟随仙人修道，到了天界。但是他犯了错误，仙人就把他贬谪到月宫，日日做这种徒劳无功的苦差使，以示惩处。李白诗中有”欲斫月中桂，持为寒者薪“的记载。

送杜少府之任蜀州

王勃

城阙①辅②三秦③，风烟望五津④。
与君离别意，同是宦游⑤人。
海内存知己，天涯若比邻。
无为在歧路，儿女共沾巾。

看看下面的注释和译文，你就知道它是什么意思了！

①城阙：指长安。

②辅：护卫。

③三秦：项羽灭秦后把关中分为雍、塞、翟三国，史称“三秦”。

④五津：四川岷江古有白华津、万里津、江首

津、涉头津、江南津五个渡口，合称“五津”。此则泛指四川。

⑤宦游：在外地做官。

全诗大意是：三秦护卫着长安，透过迷茫的烟雾遥望蜀地。离别时，不由得生出无限的感慨，你我都是离家做官的人。四海之内只要存有知心朋友，即使远在天涯，也好像在身边。不要在分手时徘徊忧伤，像多情的儿女一样，任泪水打湿衣裳。

博学角

王勃与《滕王阁序》

王勃（公元649—676年），字子安，绛州龙门（今山西河津县）人。他六岁时就会写文章，十四岁时就能即席赋诗。

唐高宗龙朔三年（公元663年），王勃到江南探望父亲，路过洪州（今江西南昌）时，正逢洪州都督阎伯欤在滕王阁宴宾。王勃也参加了这次宴会。

正在酒意酣畅之时，阎伯欤站了起来，得意洋洋地对大家说："今天，天下名士会集于此，一起欢度了好时光，我们应该写文作诗来助兴。"说完，就让下人拿出纸和笔来，请大家写。

其实，阎伯欤早已嘱咐他的女婿孟学士写好一篇文章，他这样说不过是为了趁此机会让女婿显示一下"即席写文"的"天才"罢了。在座的人都心知肚明，因此都纷纷谦让，不肯拿笔。

可纸笔传到王勃面前时，十四岁的王勃却不推让，拿起笔就要写。阎伯欤一看，自己的女婿失去了逞才的机会，而且不给他面子的还是一个乳臭未干的少年，非常生气，拂衣而起，却派了一个下人去看王勃到底能写出什么东西来。王勃写一句，那下人就跑去向阎伯欤汇报一句。

报来第一句："南昌故都，洪都新府。"阎伯欤听了，嘲笑着说："不过是老生常谈。"又报来第二句："星分翼轸，地接衡庐。"阎伯欤听了，不由得沉吟半晌，一言不发。等到报来那句著名的"落霞与孤鹜齐飞，秋水共长天一色"时，阎伯欤不禁霍地一下站起来，大声叫道："真是天才，这篇文章必将永垂后世！”

王勃即席写下的这篇文惊四座的旷世佳文就是著名的《秋日登洪府滕王阁饯别序》，简称《滕王阁序》。

智多星

说一说

你知道被称为“初唐四杰”的是哪四位著名诗人吗？你能说出他们的代表作品吗？

七彩板

腾王阁的来历

腾王阁巍然耸立于赣江之滨，是一座声贯古今，誉播海内外的千古名阁，素有“西江第一楼”之称。滕王阁因滕王李元婴始建而得名。李元缨，唐高祖李渊的第22子，唐太宗李世民之弟，贞观十三年（639年）六月受封为滕王，后迁到洪洲（南昌）任都督。在南昌他别无建树，唯在唐永徽四年（653年）于城西赣江之滨建起一座楼台为别居，此楼便是“滕王阁”。

快乐诵

登幽州台①歌

陈子昂

前不见古人，后不见来者。
念天地之悠悠②，独怆然③而涕④下。

看看下面的注释和译文，你就知道它是什么意思了！

①幽州台：又称燕台，史传为燕昭王为招揽人才所筑的黄金台，故址在今北京市大兴县。

②悠悠：无穷无尽。

③怆然：悲痛伤感的样子。

④涕：眼泪。

全诗大意是：前不见圣贤之君，后不见贤明之主。想起天地悠悠无限，不觉悲伤地流下眼泪。

博学角

燕昭王修筑黄金台

公元前314年，燕国发生内乱，临近的齐国乘机出兵，侵占了燕国的部分领土。

燕昭王当上国君以后，他先是消除了内乱。为了振兴燕国，夺回失去的土地，他决心招纳天下有才能的人。虽然燕昭王有这样的号召，但并没有多少人投奔他。于是，燕昭王就去向一个叫郭隗(wěi)的人请教，怎样才能得到贤能的人。

郭隗给燕昭王讲了一个故事：从前有一位国君，愿意用千金买一匹千里马。可是三年过去了，千里马也没有买到。这位国君手下有一位不出名的人，自告奋勇请求去买千里马，国君同意了。这个人用了三个月的时间，打听到某处人家有一匹良马。可是，等他赶到这一家时，马已经死了。于是，他就用500金买了马的骨头，回去献给国君。国君看了用很贵的价钱买的马骨头，很不高兴。买马骨头的人却说，我这样做，是为了让天下人都知道，大王您是真心实意地想出高价钱买马，并不是欺骗别人。果然，不到一年时间，就有人送来了三匹千里马。

郭隗讲完上面的故事，又对燕昭王说：“大王要是真心想得人才，也要像买千里马的国君那样，让天下人知道你是真心求贤。你可以先从我开始，人们看到像我这样的人都能得到重用，比我更有才能的人就会来投奔你。”燕昭王认为有理，就拜郭隗为师，还给他优厚的俸禄，并让他修筑了“黄金台”，作为招纳天下贤士人才的地方。

消息传出去不久，就有一些有才干的名人贤士纷纷前来，表示愿意帮助燕昭王治理国家。

经过二十多年的努力，燕国终于强盛起来，之后打败了齐国，夺回了被占领的土地。

智多星

讲一讲

通过阅读“燕昭王修筑黄金台”的故事，你知道为什么那个买马的人要花重金买马的骨头吗？联想自己学过的知识，你能用自己的语言再讲一个内容类似的故事吗？

七彩板

陈子昂其人

陈子昂（661—702年），字伯玉，梓州射洪（今属四川）人 。世为豪族，少以侠知名。后入长安游太学。文明初进士及第，拜麟台正字。从征西域，至张掖而返。后转右拾遗。又随军东征契丹，参谋军事。返京后，仍为右拾遗。谏议多不合，因解官还乡。为县令诬陷，入狱，被迫害致死。其为诗力主恢复汉魏风骨，一变初唐浮靡诗风，或讽谏朝政，或感怀身世，落地作金石声。他是唐代诗歌革新的先驱。

咏柳

贺知章

碧玉①妆②成一树高，万条③垂下绿丝绦④。
不知细叶谁裁⑤出，二月春风似剪刀。

看看下面的注释和译文，你就知道它是什么意思了！

①碧玉：青绿色的玉石。

②妆：妆饰，妆扮。

③万条：形容下垂的柳条很多。

④丝绦：用丝线织成的带子，这里用来比喻下垂的柳枝。

⑤裁：用剪刀剪裁。

全诗大意是：高高的柳树好像是用碧玉妆扮起

来的，千万条柳枝低垂着，好像一条条轻柔的丝带。你可知这细嫩的柳叶是谁剪裁的吗？就是那锋利如剪刀的二月春风啊！

博学角

金龟换美酒

唐玄宗天宝元年（公元742年），诗人李白到各地游玩之后，来到了京城长安。尽管李白的诗写得好，名气大，但因为他性格耿介，所以长安虽大，竟没有一个好朋友，只好孤身一人住在小客店里。

有一天，他去一座著名的道观紫极宫游玩，碰到了诗人贺知章。贺知章自号“四明狂客”，是个三品大官。他做过皇家图书和出版机构的秘书监，此时担任“太子宾客”的官职。虽然以前与李白从未见过面，但他早就读过李白的诗，对李白极为仰慕。这次意外相逢，两人一见如故，亲切地攀谈起来。

天快黑了，贺知章又邀李白一同去喝酒。在酒店刚坐下，贺知章才想起没有带钱来。这时，他毫不犹豫地把挂在腰间的金饰龟袋解下来，作为酒资。李白连忙阻拦说：“这是皇家按品级给你的饰品，怎好拿来换酒呢？”贺知章仰面大笑说：“这算什么呢？我记得你的诗句，‘人生得意须尽欢，莫使金樽空对月’。”两人尽兴而别。

之后，贺知章还向唐玄宗推荐李白，唐玄宗也久闻李白的大名，于是就任命李白为翰林学士。

智多星

想一想

下面是含“柳”字的诗句，例如：

山重水复疑无路，柳暗花明又一村。——陆游《游山西村》

沾衣欲湿杏花雨，吹面不寒杨柳风。——释志南《绝句》

想一想，你还知道哪些含“柳”字的诗句？

七彩板

柳

清·周志蕙

岁岁逢春春可怜，
争禁三起又三眠。
丝丝愁绪随风乱，
濯濯丰姿著雨妍。
古渡欲牵游子棹，
离亭留赠旅人鞭。
一声长笛河槁晚，
回首苍茫几树烟。

望月怀远

张九龄

海上生明月，天涯共此时。
情人怨遥夜①，竟夕②起相思。
灭烛怜光满③，披衣觉露滋④。
不堪盈手赠，还寝⑤梦佳期。

看看下面的注释和译文，你就知道它是什么意思了！

①遥夜：漫漫长夜。

②竟夕：整夜。

③光满：指月色格外皎洁。

④露滋：露水打湿。

⑤还寝：回卧室再睡。

全诗大意是：皎洁的明月从海上升起，天边的亲人与我共度此时。多情的人怨恨漫漫长夜，整夜的思念使我难以入眠。熄灭蜡烛去爱怜那圆月，露水把我的衣服打湿。我不能双手捧着满月送给亲人，还是回去再睡吧，也许能在梦中与亲人相会。

博学角

作者简介

张九龄（公元673—740年），字子寿，是唐玄宗开元年间的贤良宰相，直言敢谏，后为奸臣李林甫所谗害，被贬为荆州长史。

这首《望月怀远》，是他在荆州时所作，通过望月，寄托了他对远方亲人的无限思念。

智多星

欣赏一下下面的佳句，谈谈你的感想。

海上生明月，天涯共此时。

海内存知己，天涯若比邻。

海阔凭鱼跃，天高任鸟飞。

海日升残夜，江春入旧年。

海底游鱼乐，天边过雁愁。

七彩板

床前明月光，疑是地上霜。

举头望明月，低头思故乡

——李白《静夜思》

野旷天低树，江清月近人。

——孟浩然《宿建德江》

明月松间照，清泉石上流。

——王维《山居秋暝》

月黑雁飞高，单于夜遁逃。

——卢纶《塞下曲》

深林人不知，明月来相照。

——王维《竹里馆》

登鹳雀楼①

王之涣

白日②依③山尽，黄河入海流。
欲穷④千里目，更上一层楼。

看看下面的注释和译文，你就知道它是什么意思了！

①鹳雀楼：旧址在今山西永济市，楼高三层。

②白日：太阳。

③依：依傍。

④穷：尽。

全诗大意是：太阳依傍着山峰慢慢地沉落下去，滔滔不绝的黄河一直向大海奔流。要想看到更辽阔的自然景色,就得再登上一层楼台。

博学角

王之涣拒收玉器

王之涣(公元688—742年)，字季陵，晋阳（今山西太原)人，曾做过文安县尉，品德深受老百姓的赞颂。

一次，他正在处理当天的公文，一位姓李的官员偷偷送来一对“飞天”玉器。那玉器形象逼真，玲珑剔透，是件十分珍贵的宝物。

那官员对王之涣说，他的外甥因为私自贩运盐巴而被抓了起来，要王之涣手下留情，宽大处理。

王之涣没有收下他的那对玉器，并且坚决地说：“你的外甥私自贩盐是犯法的，而且他勾结奸商，欺诈百姓，百姓都切齿痛恨，理应严惩。至于你的外甥怎么处理，要按条文办事，我无权来庇护他。那对玉器嘛，你带回去，别来贿赂我。”那个官员碰了壁，拿起桌上的玉器，灰溜溜地走了。

王之涣为官期间，生活简朴，清廉为民，所以，当地的老百姓称他是“不沾不贪的清官”。

智 多 星

猜一猜

白日依山尽。(打一字)

野火烧不尽。(打一字)

春风吹又生。(打一字)

床前明月光。(打一字)

少小离家老大回。(打一字)

谜底见下一个“智多星”。

七彩板

“会当凌绝顶，一览众山小”是谁的诗句？说一说它与“欲穷千里目，更上一层楼”在表意上有何不同？

春晓①

孟浩然

春眠不觉晓②，处处闻③啼鸟。
夜来风雨声，花落知多少。

看看下面的注释和译文，你就知道它是什么意思了！

①春晓：春天的早晨。

②不觉晓：不知不觉地天亮了。

③闻：听。

全诗大意是：春夜里贪睡眠，不知不觉天已亮了，醒来时听到窗外都是鸟儿的啼叫。昨夜听到刮风下雨的声音，不知道风雨打落了多少花朵。

博学角

作者简介

孟浩然（公元689—740年），襄阳（今湖北省襄樊市）人，是盛唐时期的著名诗人。在文学史上他与王维并称为“王孟诗派”。他的诗风格清新高远，语言朴素。

据说有一次，孟浩然到长安参加文人诗会，当场赋诗一首，写出了“微云淡河汉，疏雨滴梧桐”（微薄的云淡淡地抹在银河上，稀疏的雨点滴落在梧桐叶间）两句好诗。大家都十分叹服，放下笔不继续赋诗了。

智多星

说一说

你知道诗中哪些句子是描绘诗人听到的情景，哪些句子是描写诗人想到的情景吗？请分别指出来，并讲一讲你的理由。

上一个“智多星”的谜底分别是：岁、荐、茁、旷、天。

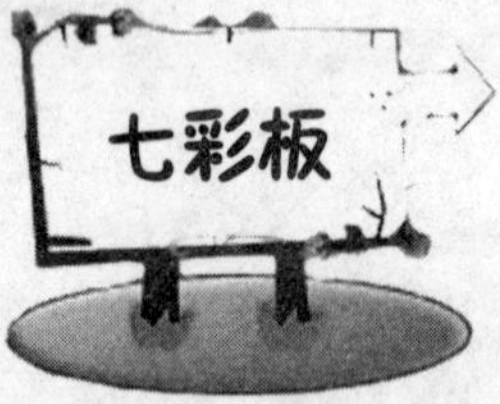

浩然寻梅

传说，有一年王维从长安来到襄阳，这使孟浩然喜出望外，赶忙为王维接风洗尘。孟浩然以主人身分先赋了这样两句诗：“千瓣梅花傲霜雪，春笋遇雨日三尺”。自认为是佳句。接着王维举杯出口：“积雨空林烟火迟，蒸藜炊黍饷东菑。”在坐的听了肃然起敬，一致称赞王维的诗技巧高超，大家向他求教，王维推脱不过，只好说道：“万千字词任其用，诗之精灵在四周。”孟浩然听后则面带愧色，但也倍受启发。

芙蓉楼①送辛渐②

王昌龄

寒雨连江夜入吴，
平明③送客楚山④孤。
洛阳亲友如相问，
一片冰心⑤在玉壶。

看看下面的注释和译文，你就知道它是什么意思了！

①芙蓉楼：原名西北楼，唐晋王李恭为润州刺史时改为芙蓉楼，遗址在今江苏镇江西北角。

②辛渐：作者的友人。

③平明：黎明。

④楚山：指镇江一带的山。

⑤冰心：比喻心的纯洁。

全诗大意是：弥漫着寒意的蒙蒙烟雨在夜色下笼罩着吴地江天，黎明送辛渐起程赴洛阳时，心中感到像楚山一样孤独。洛阳的亲友如果问到我的情况，就说我的心像洁白无瑕的玉壶中藏着的冰一样，晶莹透亮。

博学角

“七绝圣手”王昌龄

王昌龄（约公元698—756年），字少伯，山西太原人。他与诗人常建、王之涣、辛渐、高适、王维、李白、岑参都有交往，尤其与王之涣、辛渐交往最深。

王昌龄的诗以多种题材对唐玄宗后期的黑暗政治和动乱社会作过一些揭露和反映。他作诗擅长七绝，因而被人称为“七绝圣手”。他的绝句长于抒情，善于心理刻画，能以典型的情景、精炼的语言、极短的篇幅概括丰富的社会内容。

现存的王昌龄的180首诗中，集中地表现了两类主题：一类是歌唱了边塞将士的乡思离愁，另一类是从不同角度描写了妇女生活。王昌龄的边塞诗，善于挖掘人的内心世界，成为后人广为传颂的名作。

智 多 星

试一试

王昌龄被后人称为“七绝圣手”，他的代表作《出塞》“秦时明月汉时关，万里长征人未还。但使龙城飞将在，不教胡马度阴山”被推崇为唐人七绝的压卷之作。你能以散文的形式对这首七绝的名句“秦时明月汉时关”加以注解吗？

七彩板

两座芙蓉楼

王昌龄的一首《芙蓉楼送辛渐》而使芙蓉楼天下闻名，芙蓉楼因此而成为名胜古迹。如今，芙蓉楼有两处，分别在江苏镇江的和湖南洪江。江苏镇江芙蓉楼和湖南洪江（黔城）芙蓉楼，都是名闻天下的芙蓉楼。至于江苏镇江和湖南洪江这两处的芙蓉楼，哪处是王昌龄《芙蓉楼送辛渐》的芙蓉楼，并不是非常重要，这两处都已成为重要的人文景观，为世人所敬慕。

送元二使[1]安西[2]

王 维

渭城[3]朝雨浥[4]轻尘，
客舍[5]青青柳色新。
劝君更尽一杯酒，
西出阳关[6]无故人[7]。

看看下面的注释和译文，你就知道它是什么意思了！

①使：出使。

②安西：指唐代安西都护府，在今新疆库车附近。

③渭城：地名。汉改秦咸阳县为新城县，后又改为渭城县，至唐时，属京兆府咸阳县辖地，在今

陕西省咸阳市东北。

④浥：湿润。

⑤客舍：旅店。

⑥阳关：古关名，在甘肃省敦煌西南，由于在玉门关以南，故称阳关，是出塞必经之地。

⑦故人：老朋友。

全诗大意是：清晨，渭城的一场春雨沾湿了路上的尘埃，旅店四周青翠的杨柳被雨水冲刷得格外清新翠绿。我劝你再干一杯酒吧，出了阳关向西而行就再也没有老朋友了。

博学角

诗中有画，画中有诗

王维(公元701—761年)，字摩诘，是盛唐著名诗人，因官至尚书右丞，所以人称王右丞。

王维擅长各种诗体，尤其以五言律诗和绝句著称。他前期的诗歌，富于进取精神，讥刺贵戚宦官，谴责纨绔子弟，反映边塞生活，抒写游侠意气，情调慷慨激昂，充满浪漫主义豪情；后期的诗歌，因人世险恶，崇奉佛教，而以描写田园山水景物、宣扬隐士生活和佛教禅理为主。他的山水田园诗，作物精细，状写传神，色彩鲜明如画，语言清新凝练。

王维除作诗优美外，还擅长作画，为当时著名画手，宋代大诗人苏轼《书摩诘蓝田烟雨图》说道："味摩诘之诗，诗中有画；观摩诘之画，画中有诗。"所评极为恰当。

智多星

画一画

山居秋暝

王 维

空山新雨后，天气晚来秋。
明月松间照，清泉石上流。
竹喧归浣女，莲动下渔舟。
随意春芳歇，王孙自可留。

你觉得这首诗描绘的画面美吗？试着将“明月松间照，清泉石上流”的画面画出来。

七彩板

巨石的传说

王维不但写得一手好诗，而且画画也画得非常好。传说王维曾为岐王范绘巨石图，虽是疏疏几笔，信手涂抹，却得天然之致，栩栩如生。岐王非常喜欢，不时取出来欣赏，仿佛自己也融入画中游览一般。

一日风雨大作，电闪雷鸣，只听“轰”的一声，一物冲出屋顶，飞天而去，屋宇俱坏。众人都不知道是什么原故，后来见到巨石图的空轴，才明白原来飞走的是画中的石头。

静夜思[1]

李 白

床前明月光，疑[2]是地上霜。
举头[3]望明月，低头思故乡。

看看下面的注释和译文，你就知道它是什么意思了！

①静夜思：在静静的夜晚所引起的思念。

②疑：怀疑，以为。

③举头：抬头。

全诗大意是：银白色的月光洒在床前，好像是地上铺了一层洁白的霜。抬头仰望天上的一轮明月，低头思念久别的家乡。

博学角

铁杵磨成针

小时候，李白很贪玩，读书没有恒心，经常逃学。

有一天，李白又逃学了。他来到小河边，看见一个老婆婆正蹲在河边，手里拿着一根铁杵，在石头上磨来磨去。李白觉得很奇怪，便上前问道：“老婆婆，你在干什么呀？”

“我在磨针。”老婆婆回答说。

“这么粗的铁杵怎能磨成针呢？”李白很吃惊地问道。

老婆婆认真地说：“铁杵总是越磨越细，只要我有恒心、有决心，天天磨，还怕磨不成针吗？”

老婆婆的一番话，令李白很惭愧，于是他回去之后，再没有逃过学，而且每天的学习也特别用功，终于成了名垂千古的诗人。

智多星

写一写

读了“铁杵磨成针”的故事，你有什么感想和启发？你觉得应该向李白学习什么？相信你一定能够写出一篇精美的读后感。

七彩板

李白起名

李白的名字，得来有趣，名字的诞生就充满了诗情画意！李白七岁时，父亲要给儿子起个正式的名字，他看着院落中葱翠树木，似锦繁花，开口吟道：”春国送暖百花开，迎春绽金它先来。“母亲接着道：“火烧叶林红霞落。”

李白知道父母吟了诗句的前三句，故意留下最后一句。他走到正在盛开的李树前，想了一下说：“李花怒放一树白。”诗句一出口，父母惊呆了。他们决定把妙句的头尾“李”“白”二字做孩子的名字！

望天门山①

李白

天门中断楚江②开，
碧水东流至此回③。
两岸青山相对出，
孤帆一片日边来。

看看下面的注释和译文，你就知道它是什么意思了！

①天门山：安徽省当涂县、和县的东西两座梁山。

②楚江：长江。

③回：回旋。

④相对出：相对耸立着。

全诗大意是：天门山被长江从中间切断，向东流淌的碧绿的江水在这里回旋。江水两岸的青山相对耸立着，一只小船从太阳升起的地方缓缓驶来。

博学角

“诗仙”李白

李白（公元701—762年），字太白，号青莲居士。他一生自由不羁，才华横溢，是继屈原之后又一伟大的浪漫主义诗人。

李白的诗歌能摆脱排律、格调等形式上的束缚，吸收民歌流畅的语言，倾吐自己复杂的思想感情，具有积极昂扬的精神，对后世影响极大。诗风雄奇豪放，善用比喻、夸张的手法，想像奇特丰富，因之被人称为“诗仙”。

智多星

读一读，想一想

望庐山瀑布

李白

日照香炉生紫烟，
遥看瀑布挂前川。
飞流直下三千尺，
疑是银河落九天。

这首诗与《望天门山》有哪些相同之处？

七彩板

李白戏秀才

一日，李白在西山与诗友们饮酒赋诗，一名叫胡木的秀才自恃学识渊博，想难倒李白。他看到墙上挂有一幅画，画上有一个鹤发童颜的老神仙，环抱一只酒坛，睡在半山腰，酒顺着坛口往下流。胡木写道：西加卒是醉，目加垂是睡，老神仙环抱酒坛枕山偎，不知是醉还是睡。

李白看了看肥胖如猪的胡木，写道：月加半是个胖，月加长是个胀，胡秀才挺起大肚当中站，不知是胖还是胀？众人一看胡木那模样，不禁捧腹大笑。

快乐诵

凉州词

王 翰

葡萄美酒夜光杯①，
欲饮琵琶马上催②。
醉卧③沙场君莫笑，
古来④征战几人回？

看看下面的注释和译文，你就知道它是什么意思了！

①夜光杯：用玉做成的夜间能发光的酒杯。

②催：催促。

③卧：躺。

④古来：自古以来。

全诗大意是：精美的夜光杯倒满了葡萄美酒，

正要畅饮时马上传来琵琶的催促声。即使醉躺在沙场上你也不要笑我啊！自古以来出征打仗的有几个人还能回来？

博学角

夜光杯

夜光杯，是用玉琢磨成的酒杯。众多夜光杯中以甘肃省酒泉的夜光杯最负盛名。它是采用夜光石为原料制成的。这种夜光石，质地细腻，纹理天然，有的呈墨绿色，有的呈绿色。经过精心选料后，要因材施艺，巧磨细琢。杯壁薄如蛋壳，滑润透明，光泽照人，深浅相间的绿色中交织着半透明的花纹。将盛满酒的夜光杯，放在清澈如水的月光下，会闪烁出异样的光彩，给人一种神秘感。

智多星

写一写

读了“古来征战几人回”这诗句，你能否想像出古战场上那种刀光剑影、血雨腥风的悲壮场面？是否更应该珍惜现在这种良好的学习、生活环境？赶快写一篇读后感吧！

七彩板

北宋苏东坡有词作《江城子·密州出猎》：“会挽雕弓如满月，西北望，射天狼。”表现了作者渴望亲临战场、建功立业的豪情壮志。

南宋文天祥率领义军抗元，兵败被俘，在解赴元大都燕京(今北京)路过金陵(今南京)时作《金陵驿》：“从今别却江南路，化作啼鹃带血归。”自誓身死北方，而魂必归南土，爱国精神感人至深。

快乐诵

别董大[1]

高适

千里黄云白日曛[2]，
北风吹雁雪纷纷。
莫愁[3]前路无知己[4]，
天下谁人[5]不识君[6]。

看看下面的注释和译文，你就知道它是什么意思了！

①董大：唐玄宗时著名的琴师董庭兰。在兄弟中排行第一，故称“董大”。

②曛：昏暗。

③莫愁：不要愁，不要担心。

④知己：知心的朋友。

⑤谁人：哪个人。

⑥君：指的是董大。

全诗大意是：千里北国，因为黄沙遮日使天色变得昏暗，寒冷的北风吹着南归的雁群，漫天的大雪纷纷飘落。你不要担心你去的地方没有知心朋友，普天之下有谁不认识你这技艺超群的人呢！

博学角

琴师董庭兰

董庭兰（约公元695—765年），是盛唐开元、天宝时期的著名琴师。早年曾跟从凤州（今陕西境内）的参军陈怀古学习当时流行的“沈家声、祝家声”，但是，董庭兰后来的声望大大超过了沈祝两家。

董庭兰在唐代享有很高的声誉，如高适的《别董大》就写道：“莫愁前路无知己，天下谁人不识君。”当时，许多诗人都与董庭兰有交往，有些还在诗中描写了他的琴艺，其中最为著名的就是李颀的《听董大弹胡笳声兼寄语弄房给事》。

另外，董庭兰还是一位卓越的作曲家。经他加工整理的《胡笳声》，百年之后在元稹的诗中仍受到称赞："哀笳慢指董家本。"

智多星

唐代描述亲朋好友离别之情的名言佳句举不胜举记下面的讲给朋友听。

1.莫愁前路无知己，天下谁人不识君。

2.桃花潭水深尺，不及汪伦送我情。

3.独在异乡为异客，每逢佳节倍思亲。

4.孤帆远影碧空尽，唯见长江天际流。

5.寒雨连江夜入吴，平明送客楚山孤。

6.儿童相见不相识，笑问客从何处来。

七彩板

边塞诗人——高适

高适（702 ？—765），字达夫，唐渤海（今河北沧县）人。早年仕途不得意，后经宋州刺史张九皋的推荐，受封为丘尉，不久辞官。安史之乱起，随哥舒翰守潼关。以后在玄宗、肃宗、代宗各朝，不断升迁，最后官居散骑常侍，进封渤海县侯。

高适是一位有政治才能的诗人，早期的诗歌大多感慨怀才不遇，仕途失意，一部分反映民生疾苦。但高适诗歌的主要成就是边塞诗。

春夜喜雨

杜 甫

好雨知时节，当春乃①发生。
随风潜②入夜，润物细无声。
野径③云俱黑，江船火独明。
晓看红湿处，花重④锦官城⑤！

看看下面的注释和译文，你就知道它是什么意思了！

①乃：就。

②潜：暗暗地，悄悄地。

③径：小路。

④花重：花因沾着雨水，显得饱满沉重的样子。

⑤锦官城：成都的别称。

全诗大意是：好雨像适应了季节变化，到了春天就降临。伴随着春风悄悄地飘洒在夜里，滋润着万物，细微无声。田野里的小路、天上的云彩，全部变得一片乌黑，只有江中船上的灯火格外明亮。到天亮时，再看那红色的湿漉漉的地方，春花沉甸甸的，装点着锦官城。

博学角

成都为何叫作锦官城

蜀锦是成都的一大特产，历史悠久。东汉时期，朝廷就在成都设立锦官，专门管理织锦业，其官署就在成都东南的“流江”岸边。后世称成都为“锦官城”即源于此。

智多星

说一说

你认为诗中哪些句子描写的活灵活现、精彩生动，给人以过目不忘、身临其境的感觉，以你自己的理解说说它们的意思。

七彩板

成都杜甫草堂

唐肃宗上元元年（760）春，杜甫在亲友帮助下，在成都西郊院花溪畔筑了茅屋，称为“草堂”。他在这所草堂住了三年零九个月，写了《堂成》《狂夫》《野老》《恨别》《客至》《春夜喜雨》《茅屋为秋风所破歌》《赠花卿》《江畔独步寻花七绝》等二百五十多首诗。

绝 句

杜 甫

两个黄鹂鸣翠柳，
一行白鹭①上青天。
窗含西岭②千秋雪③，
门泊④东吴万里船。

看看下面的注释和译文，你就知道它是什么意思了！

①鹭：一种水鸟名。

②西岭：指岷山。

③千秋雪：千年不化的积雪。

④泊：停泊，停靠。

全诗大意是：两只黄鹂鸟在翠绿的杨柳间鸣叫，

一行白鹭在蓝天上飞翔。窗口面对着岷山上千年不化的积雪，门外停泊着行程万里从东吴来的各种船只。

博学角

“诗圣”杜甫

杜甫(公元712—770年)，字子美，原籍湖北襄阳，生于河南巩县。

杜甫生活和创作的时代，正是唐王朝由极盛走向衰落的转变时期。他在困居长安的十年中，由于失意和贫困，已经深深感受到了唐王朝的腐朽及其危机，并在不少诗中反映了当时贵族官僚的荒淫堕落和人民生活的痛苦。

安史之乱后，由于他一直过着颠沛流离的生活，并且深切地了解到人民生活的痛苦，写下了不少反映当时现实社会的诗篇，被历代的评论家称作“诗史”。

在艺术上，杜甫继承了先秦以来各个诗歌流派的种种成就，并发展和创造了新的独特风格。他的诗，感情深厚，内容充实，风格多样，而以沉郁为主，无论是章法结构、语言形式，还是修辞方法、格律音韵，都达到了炉火纯青的地步。他擅长于现实主义艺术表现手法，在文学史上产生了深远的影响，被后人尊称为“诗圣”。

智多星

说一说

这首诗描绘了一幅明媚的春光图。请找出诗中表示颜色的形容词。并结合实际讲一讲“春风又绿江南岸”的“绿”字为什么被公认为任何字都无法替代的字？它好在什么地方？

七彩板

“诗史”

杜甫一生遭遇很苦，亲身经历很多，因而诗作多即事忧时之作。新唐书称其“善陈时事，律切精深，至千言不少衰，世号“诗史”。”其中的“三吏”（《新安吏》《潼关吏》《石壕吏》）、“三别”（《新婚别》《垂老别》《无家别》）是其中的代表作。

枫桥[1]夜泊

张继

月落乌啼霜满天，
江枫[2]渔火[3]对愁眠。
姑苏[4]城外寒山寺[5]，
夜半钟声到客船。

看看下面的注释和译文，你就知道它是什么意思了！

①枫桥：桥名，在今苏州城外。

②江枫：江边的枫树。

③渔火：渔船上的灯火。

④姑苏：即苏州。

⑤寒山寺：在姑苏城西十里枫桥东。相传唐初

诗僧寒山曾住此寺，因而得名。

全诗大意是：月亮落下去了，乌鸦在枝头啼叫，天空中秋霜弥漫，江边的枫树摇动，渔船上的灯火忽明忽暗，思乡的愁绪让我难以入睡。半夜里，苏州城外寒山寺响起的钟声，传进了我的客船里。

博学角

寒山寺

寒山寺位于苏州城西十里的枫桥镇，始建于南朝时期的梁代天监年间，距现在已有一千四百多年。寒山寺原名“妙利普明塔院”，传说到了唐代贞观年间，因高僧寒山由天台山到这里做住持，所以改名为寒山寺。当时寺内有一口大钟，以声音洪亮闻名于世。自唐代诗人张继的名诗《枫桥夜泊》问世以后，寒山寺更为人们所熟知。

张继的《枫桥夜泊》曾由明代著名诗人、书法家文征明手书，并刻于石碑，立在寒山寺内。明末，寒山寺毁于大火，诗碑也被焚破碎。后经人苦心搜寻，将残碑碎片嵌留在碑廊的墙壁上。现在寒山寺内陈列的张继诗碑是晚清光绪年间俞樾补书的。诗里提到的那口大钟，早已不知去向，悬挂在大雄宝殿内右侧的一口青铜钟是日本友人在1906年赠送的，八角钟楼上的另一口铁钟也是近代之物。

寒山寺历经沧桑，现存建筑是清末重建的，是江苏省重点文物保护单位。寺内苍松翠柏，林木茂盛，其中最有特色的是樱树、五叶松。每当阳春三月，和煦的春风吹绿江南的时候，寒山寺内一棵棵樱树吐芯展芳，淡红色的樱花开满枝头，五叶松枝繁叶茂，苍翠欲滴，衬托着寺内的古老建筑，呈现出一派生机勃勃的景象。

智多星

想一想

1.这首诗透露出诗人怎样的一种心情？从诗中哪个字可以看出来？

2.苏州园林，誉满天下。你能写一首与其景色、风格截然相反的七绝吗？

七彩板

近些年来流行的歌曲《涛声依旧》就是改编自《枫桥夜泊》，不然大家看看下面《涛声依旧》的歌词，是不是有些相似。

带走一盏渔火，让他温暖我的双眼。留下一段真情，让它停泊在枫桥边。无助的我，已经疏远那份情感……月落乌啼总是千年的风霜，涛声依旧不见当初的夜晚，今天的你我，怎样重复昨天的故事。这一张旧船票，能否登上你的客船。

游子①吟

孟 郊

慈母手中线，游子身上衣。
临行密密缝，意恐迟迟归。
谁言寸草心②，报得三春晖③。

看看下面的注释和译文，你就知道它是什么意思了！

①游子：离家远行在外的人。

②寸草心：小草报答太阳的心愿，比喻儿女对父母的感恩之心。

③三春晖：春天的阳光，比喻温暖的母爱。

全诗大意是：慈母手中拿针线，缝的是游子的衣服。要走的时候尤其要针脚细密，怕的是游子迟迟不回。做儿女的就像那一株株小草，怎能报答得了母亲像春光一样的爱心呢？

博学角

母子深情

孟郊(公元751—814年)，字东野。他一生穷困潦倒，奋斗了一生，直到五十岁时才中进士，做了溧(lì)阳县尉一个卑微的小官。

孟郊上任后，时常思念年迈的老母亲。这天晚上，皓月当空，晚风徐徐。孟郊来到院外，望着家乡的方向，一种复杂的心情油然而生。他想起了母亲的养育之恩；想起了家中贫困，在母亲最需要他的时候，他却隐居河南嵩山，一家人的生计全靠母亲一人支撑；又想起了十多年前他三次赴京赶考，每次出门前，老母亲都忙活着为他准备行装。

在他第三次进京应考出发的头天晚上，母亲坐在凳子上，借着油灯微弱的光亮，一针一针为他缝制衣服，一边缝，一边喃喃自语："多缝几针，缝得密实一点儿才能结实耐穿，出门在外要多保重身体，要早点儿赶回来，别让母亲在家惦记……"

望着忙碌了一生的母亲，望着她那花白的头发和苍白消瘦的脸庞，他的眼睛湿润了。他深深地感到：母亲是多么伟大而高尚，这种爱正像春天里太阳的光辉那样温暖深厚！想到这里，孟郊回房提笔写下了这首历代传诵的名作——《游子吟》。第二天，他立即派人到家乡湖州武康(今浙江德清)去把老母亲接到溧阳来。孟郊天天盼，夜夜想，盼望着母亲早日到来，准备好好侍奉。

这天，孟郊在县衙里一边吟诵着修改的这首诗，一边仍在想着母亲的到来。这里距武康不算太远，母亲怎么还是迟迟没有到来，今天应该到了。

果然，下午时分，他的小儿子忽然气喘吁吁地跑来禀报："父亲，祖母大人坐的船见到了帆影，很快就要靠上河码头了。"孟郊此时一阵惊喜，丢下手中的诗稿，急忙同儿子向外跑去。

后来，孟郊在这首诗的下面加上了"迎母溧上作"五个字。

智多星

想一想

母爱是最伟大的。读完了这首诗，你想对妈妈说些什么呢？好好想一想，描写一件妈妈对你无微不至地关心爱护，给你印象最深的事情。

七彩板

中国的母亲花——萱草

早在康乃馨成为母爱的象征之前，我国也有一种母亲之花，它就是萱草花。萱草是百合科多年生草本植物，根茎肉质，叶狭长，细长的枝顶端开出桔红或桔黄色的花，十分艳丽，它不仅供人观赏，花蕾叫金针，也可作蔬菜供人食用，在我国南北方广为栽植。

题都城南庄

崔 护

去年今日此门中，
人面桃花相映红①。
人面不知何处去，
桃花依旧笑春风②。

看看下面的注释和译文，你就知道它是什么意思了！

①相映红：红色互相映衬。

②笑春风：在春风里开得很美。笑：形容桃花盛开的样子。

全诗大意是：去年的今日在这院门里，姑娘美丽的脸庞和粉红的桃花相互映衬。如今姑娘不知哪里去了，只有桃花依旧在春风里开得很美。

博学角

“人面桃花”的由来

有一年的清明节，诗人崔护独自到长安城南郊外游玩，见到一户花木茂盛而大门紧闭的人家，便上前敲门。半晌，一位姑娘从门缝看看他，问：“你是谁？”崔护道出姓名，并说自己因为口渴了，想讨碗水喝。姑娘给了他一碗水，请他坐下，并倚在门前桃花树下含情脉脉地望着他。崔护喝完水后，便告辞离去。姑娘送他到门口，然后就心事重重地转回屋内。

第二年清明节，崔护因思念这位姑娘，又去寻访，只见大门紧锁，人去物在，因此他在门上题了《题都城南庄》这首诗。

智 多 星

想一想

这首诗采用了今昔对比的艺术手法。你知道诗中哪些句子是写过去的情景，哪些句子是写现在的情景吗？

七彩板

崔护娶桃花女

崔护字殷功，尝于清明独游都城南，得村居，叩门求饮，有女子启关以盂水至。及来岁清明再往，门庭如故，而户扃锁。因题“去年今日此门中，人面桃花相映红，人面不知何处去，桃花依旧笑东风”一诗于左扉。后数日复往，有老父出曰：“吾女读左扉诗，因病而死”。护请入临，见其女在床，哭曰：“某在斯”。须臾开目复活，老父以女妻之。

快乐诵

早春呈水部张十八员外①

韩 愈

天街②小雨润如酥③，
草色遥看近却无。
最是一年春好处，
绝胜④烟柳满皇都⑤。

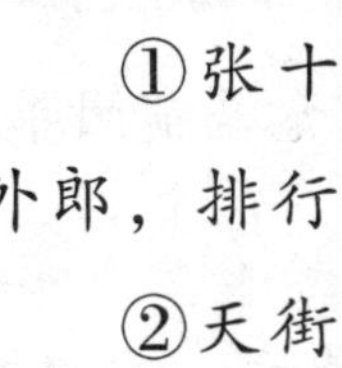

看看下面的注释和译文，你就知道它是什么意思了！

①张十八员外：指张籍。张籍曾经担任水部员外郎，排行十八。

②天街：京城街道。

③酥：酥油。

④绝胜：远远超过。

⑤皇都：京城。

全诗大意是：京城刚刚下过一场小雨，街道像被酥油滋润过一样，远看草色青青，近看却看不见了。这正是一年里春色最好的时节，远远超过被如烟的柳絮笼罩的京城。

博学角

推和敲

有一天，韩愈办完公事回府。当时有个规矩，朝廷官员外出，行人遇到必须回避。所以一见韩愈到来，街上行人都纷纷让路。

可有一个书生模样的年轻人骑在驴子上摇头晃脑，右手还在空中做一推一敲的姿势，丝毫没有躲避的样子。

随从人员立刻拥向前，把那人拿下，送到韩愈马前问罪。

“你为什么不回避呀？”韩愈生气地问。

那个年轻人仿佛才从梦中醒来，眨了眨眼睛，忙向韩愈行礼说：“晚生刚才正在作诗，有两个字难以选定，因为心思都用在这两个字上，才忘了回避，因此冒犯大人。”

一听作诗，韩愈转怒为喜，忙问：“你在作什么诗？哪两个字难定？”

年轻人兴致勃勃地把诗念了一遍说：“就是‘鸟宿池边树，僧推月下门’中的‘推’字，我想改用‘敲’字，又觉不妥。反复思索，一时决断不下。”

韩愈听了点点头，一边有节奏地诵读着诗句，一边用手做“推门”和“敲门”的姿势，他用心琢磨了一会儿，大声说：“我看还是‘敲’字好。”

“为什么呢？请大人赐教。”

“这首诗写的是一位僧人月夜访友人的情景。僧人去时已经是夜晚，门自然是关闭的，怎能推门进去呢？‘推’不合情理。而且，敲字响亮，在静悄悄的月夜，突然响起敲门声，惊动了栖息在树上的鸟儿，静中有动，意境优美。”韩愈一口气说完了自己的见解。

“大人高见，大人高见。”年轻人佩服地伸出了大拇指。

韩愈见眼前的年轻人又好学又谦虚，不由地盘问起来，才知他叫贾岛，是来京城参加考试的。他十分欣赏贾岛，于是让他和自己一同回府去。这样，贾岛成了韩愈的学生和朋友，两人经常一起讨论文学上的问题。后来，贾岛也成为一个有名的诗人。

智多星

记一记

下面都是描写初春的佳句，记下来，讲给朋友听。

乱花渐欲迷)人眼，浅草才能没马蹄。

——白居易《钱塘湖春行》

天街小雨润如酥，草色遥看近却无。

——韩愈《初春小雨》

江南二月多芳草,春在蒙蒙学雷锋雨中。

——释仲殊《绝句》

爆竹声中一岁除，春风送暖入屠苏。

——王安石《元日》

韩愈慧眼识诗才

当代著名诗人李贺18岁那年，从家乡来到洛阳，一天午后，他去走访德高望重的大作家韩愈。

当时韩愈心情烦闷，但他看到李贺一首题为《雁门太守行》的第一句“黑云压城城欲摧”“啊！好句！语言精辟，意境新奇，气派昂然！”韩愈禁不住赞叹道。再看到第二句“甲光向月金鳞开”，韩愈顿时精神倍增。

由于大作家韩愈的推荐，李贺的诗很快闻名于世。

乌衣巷[1]

刘禹锡

朱雀桥[2]边野草花[3]，
乌衣巷口夕阳斜。
旧时王谢[4]堂前燕，
飞入寻常[5]百姓家。

看看下面的注释和译文，你就知道它是什么意思了！

①乌衣巷：今南京市的一条街道，位于秦淮河南岸。

②朱雀桥：桥名，在朱雀门外秦淮河上。

③花：此为开花之意。作动词。

④王谢：东晋时王导和谢安两大贵族。

⑤寻常：平常，普通。

全诗大意是：朱雀桥边一些野草开了花，乌衣巷口夕阳斜照着。从前筑巢停留在王导和谢安两大贵族府前的燕子，如今却飞到普通百姓的家里了。

博学角

“诗豪”刘禹锡

刘禹锡(公元772—842年)，字梦得，河南洛阳人。二十一 岁中进士，官至监察御史。后来，他参加了反对宦官和藩镇割据势力的革新活动，失败后被贬往边远地区。

刘禹锡是个非常有骨气的人，在被贬十年后应召回京时，因不满长安新贵们的所作所为，写了一首《元和十年自朗州召至京戏赠看花诸君子》，讽刺当朝新贵。诗云：

紫陌红尘拂面来，无人不道看花回。

玄都观里桃千树，尽是刘郎去后栽。

当权者知道后极为不满，他因此再度被贬。可时隔十四年后他再次奉召入京时，又在《再游玄都观绝句》一诗中写道：

种花道士归何处？前度刘郎今又来。

晚年，刘禹锡任太子宾客，回到洛阳。在洛阳，他和白居易交往密切，经常举行“文酒诗会”，探索、研讨诗歌的创作，并互相鼓励。白居易对刘禹锡非常钦佩，称他为“诗豪”，意即诗人中的豪杰、出众者，后人也就据此而称之。

智多星

想一想

1. 从全诗看，“野草花”“夕阳斜”反映的是一种怎样的景象？

2.“旧时王谢堂前燕，飞入寻常百姓家。”这是历来被人们传诵的名句。谈谈你对这句话的理解。

七彩板

陋室铭

刘禹锡

山不在高，有仙则名。水不在深，有龙则灵。斯是陋室，唯吾德馨。苔痕上阶绿，草色入廉青。谈笑有鸿儒，往来无白丁。可以调素琴，阅金经。无丝竹之乱耳，无案牍之劳形。南阳诸葛庐，西蜀子云亭。孔子云：“何陋之有？”

钱塘湖①春行

白居易

孤山寺②北贾亭西，水面初平云脚③低。

几处早莺争暖树④，谁家新燕啄春泥。

乱花渐欲迷人眼，浅草才能没马蹄。

最爱湖东行不足⑤，绿杨阴里白沙堤⑥。

看看下面的注释和译文，你就知道它是什么意思了！

①钱塘湖：指杭州西湖。

②孤山寺：孤山上的一座古寺庙。

③云脚：云气下垂，像有脚似的。

④暖树：向阳的树。

⑤行不足：逛不够。

⑥白沙堤：又名白堤，是西湖中一条长堤，把西湖分为里湖和外湖。

全诗大意是：在孤山寺北、贾亭的西面，西湖春水刚刚上涨与岸齐平，天空中的云气低垂下来，与湖水连成了一片。有几处早出的黄莺争着飞到向阳的树上，那边不知道是谁家新飞回来的燕子正忙着衔泥筑巢。五彩缤纷的鲜花正逐渐开放，使人眼花缭乱，刚长出来的小草可以盖住马蹄。我最喜欢湖东一带的风光，逛也逛不够，尤其是绿柳成阴的白沙堤，更使我流连忘返。

博学角

“诗魔”白居易

白居易（公元772—846年），字乐天，晚年自号香山居士。祖籍太原（今山西太原），后迁居下邽（今陕西渭南）。青少年时代，白居易为了躲避战乱，到江南避难，过着颠沛流离的生活。这段经历，使他有机会接近劳动人民，接触和了解社会现实，这对他以后的诗歌创作走上现实主义的道路有着重要的作用。因有“惟有诗魔降未得，每逢风月一闲吟”的佳句，后人便称他为“诗魔”。

智多星

想一想

请问诗中最能表现早春特点的景物有哪些？你还知道哪些描写春天景色的妙语佳句呢？

七彩板

拜谒名诗人

唐岁元十六年，白居易进京赶考，拿着诗稿去拜谒著名诗人顾况。顾况对诗稿开始很不在意，随手翻了一下，看见白居易三个字，开玩笑地说：“长安薪桂米珠，居大不易！”于是浏览起来。读到《赋得古原草送别》：离离原上草，一岁一枯荣。野火烧不尽，春风吹又生。顿生兴致，他吟诵着野火烧不尽，春风吹又生一联，愈嚼愈觉得有味道，大为惊叹，说：“有句如此，居亦何难！老夫前言戏之耳。”

大林寺①桃花

白居易

人间②四月芳菲③尽④，
山寺⑤桃花始盛开。
长恨⑥春归无觅⑦处，
不知转入⑧此中来。

看看下面的注释和译文，你就知道它是什么意思了！

①大林寺：寺名，在今庐山牯岭西面。

②人间：人世间，这里指大林寺以外的地方。

③芳菲：春花。

④尽：花落了，凋谢。

⑤山寺：指大林寺。

⑥长恨：经常怨恨。

⑦觅：寻觅，寻找。

⑧转入：转移到。

全诗大意是：人间四月时，百花都已凋谢，但大林寺里的桃花才刚刚盛开。人们经常怨恨春天过去了没有地方去寻觅，却不知道美好的春光转移到这里来了。

博学角

错评咏花诗

唐朝元和十二年（公元817年）春末，白居易与十六位朋友结伴游江西庐山，写了不少诗，其中有一首是《大林寺桃花》：

人间四月芳菲尽，
山寺桃花始盛开。
长恨春归无觅处，
不知转入此中来。

有一天，宋朝著名的科学家、文学家沈括读了这首诗，非常惊讶，带着讥讽的口吻评论道：“既然‘四月芳菲尽’了，怎么会‘桃花始盛开’呢？大诗人也写出这样自相矛盾的句子，可谓‘智者千虑，必有一失’呀！”说完，他也就把这事给忘掉了。

想不到有一年春夏之交的季节，他到一座山上考察，见到了白居易诗中的奇景：四月天气，山下众花凋谢，山顶上却是桃花红艳。这时，他猛然想起白居易的诗来，意识到自己错怪了大诗人，也从中发现了高度对季节的影响：由于山上气温低，春季到来要晚于山下。

后来，他又找来白居易的诗读，发现前面有一篇序，序中写道：“（大林寺）山高地深，时节绝晚，于时孟夏月，如正二月天，梨桃始华（花），涧草犹短。人物风候，与平地聚落不同。”沈括读了，很有感慨地说：“都怪我读书不细，经验太少啊！”

智多星

讲一讲

你听过“耳听为虚，眼见为实”这句俗语吗？结合“错评咏花诗”这个故事讲一讲它对你的启发和教育意义吧！

七彩板

白居易罢唱

长庆年间的一天，元稹、刘禹锡等人聚于白居易的住处，谈论南朝兴废诸事，兴之所至，要求每人赋金陵怀古诗一首。刘禹锡满饮一杯，诗兴大作，写人世几回伤往事，山形依旧枕寒流。今逢四海为家日，故垒萧萧芦荻秋。（《西塞山怀古》）刘禹锡写毕，众人互相传阅此诗。白居易展卷览诗，钦佩不已，说：“四人探骊龙，予先获珠，所余鳞爪何用耶？”于是罢唱。

快乐诵

锄禾

李绅

锄禾[1]日当午，汗滴禾下土。
谁知盘中餐，粒粒皆[2]辛苦。

看看下面的注释和译文，你就知道它是什么意思了！

①锄禾：锄去禾苗间的杂草。

②皆：都，全。

全诗大意是：中午烈日当空，农民在田间给禾苗锄草，一滴滴汗珠落到禾苗下面的泥土里。有谁知道碗里的饭，一粒一粒都是农民用辛苦劳动换来的啊！

博学角

作者简介

李绅（公元772—846年），字公垂，无锡（今江苏无锡）人。唐宪宗元和年间进士，曾做过宰相。

他和大诗人白居易是好朋友，曾经一起提倡新乐府运动，主张诗歌要反映人民的疾苦。作《新题乐府》二十首，可惜全部失传。早年所作的《悯农二首》为后世所流传。

智多星

想一想

这首诗在启蒙教育中可谓是家喻户晓、老幼皆知。想一想你最早是从几岁学会背诵这首诗的？当时是谁教给你的？

七彩板

悯农

李绅

春种一粒粟，
秋收万颗子。
四海无闲田，
农夫犹饿死。

江 雪

柳宗元

千山鸟飞绝，万径①人踪②灭。
孤舟蓑③笠④翁，独钓寒江雪。

看看下面的注释和译文，你就知道它是什么意思了！

①径：小路。

②踪：踪迹。

③蓑：用棕或莎草编织成的雨具，即蓑衣。

④笠：斗笠。

全诗大意是：连绵起伏的群山，看不见一只飞鸟，纵横交错的小路上，找不到一个人的踪迹。只有孤零零的一条小船上，坐着一位披着蓑衣、戴着斗笠的渔翁，独自冒着大雪在寒冷的江面上钓鱼。

博学角

作者简介

柳宗元（公元773—819年），字子厚，唐代文学家、哲学家，“唐宋八大家”之一。祖籍河东（今山西永济县），世称柳河东。后来在柳州任刺史，又称柳柳州。他与韩愈共同倡导唐代的古文运动，并称“韩柳”。

智多星

想一想

整首诗给你一种什么感觉？从哪些字眼可以体现出来？

七彩板

柳宗元挖井惠百姓

柳宗元到柳州之后，看到城内居民都是用瓦罐下到柳江取水。江岸很高，“陟降大艰”（上下艰难），“雨多，涂则滑而颠”（遇到多雨天气，道路很滑，下河取水的人往往摔跤跌倒），人们叫苦不迭。他到任后的第二年三月，便动用一笔罚款，组织了人力，在城北挖了一口很深的水井，用砖砌好。这口井泉眼很多，水源充足，居民们不仅可以随时取来供日常生活使用，还可以用来灌溉菜地，给生活和生产带来很大便利。

寻隐者①不遇②

贾 岛

松下问童子③，言④师采药去。
只在此山中，云深⑤不知处⑥。

看看下面的注释和译文，你就知道它是什么意思了！

①寻隐者：寻访隐居在山中的人。

②不遇：没有遇到，没有见到。

③童子：小男孩，这里指隐者的徒弟。

④言：说。

⑤云深：云雾迷蒙。

⑥处：去处，地方。

全诗大意是：在一棵松树下，我向隐者的徒弟询问他师父的去向，他说师父采药材去了。隐者其实就在这座大山里，只是山上云雾迷蒙，那个徒弟也不知道他师父到底在什么地方了。

博学角

贾岛因诗惹祸

贾岛出身贫寒，三十岁之前不得不当了和尚，后来在韩愈的劝说下才又重新走上考取功名、报效国家的道路。

传说，有一次，贾岛在钟楼上与朋友吟诗。正巧宣宗皇帝微服私访，也来到钟楼上。宣宗皇帝走到贾岛的桌前，拿起他的诗稿看了起来。贾岛不认识宣宗皇帝，也不喜欢陌生人动他心爱的诗稿，就一把夺回，还说："你看得懂吗？"宣宗皇帝看了看自己一身平民打扮，他不想暴露自己的身份，于是一句话也没说，就下楼了。后来，有人告诉贾岛，说：“你顶撞了当今皇上。”贾岛十分后悔。

没过几天，贾岛被贬到遂州长江县(今四川蓬溪)当了个主簿。

智多星

演一演

在这首诗中，诗人和童子（隐者的徒弟）进行了一番对话。设想一下，他们是如何对话的？然后找一个同学和你配合演一下。

七彩板

说一说假如你迷路了，你是自己找路还是向别人问路？如果向别人问路，你应该注意哪些？

江南春

杜 牧

千里莺啼绿映红，
水村山郭①酒旗②风。
南朝③四百八十寺，
多少楼台烟雨中。

看看下面的注释和译文，你就知道它是什么意思了！

①山郭：依山的城墙。

②酒旗：酒店门前高挂的布招牌。

③南朝：包括宋、齐、梁、陈四个王朝，时间跨度为公元420年到公元589年。当时建立了大批佛教寺院。

全诗大意是：千里江南，时时听到黄莺的啼叫声，到处是红花绿叶，在临水的村庄，依山的城郭，酒店的旗子在随风飘动。当年南朝建起的许许多多的寺庙，如今依然矗立在朦胧的烟雨之中。

博学角

作者简介

杜牧（公元803—852年），字牧之，京兆万年（今陕西西安人）。他才能出众，以诗成就最高，尤其是七言绝句。他的诗风豪放疏朗，清丽俊爽。与李商隐齐名，世称“小李杜”。

智多星

猜一猜

你知道下面这些描写景物的诗句的谜底吗？

小荷才露尖尖角。(猜一成语)

轻舟已过万重山。(猜一成语)

卷我屋上三重茅。(猜一成语)

飞流直下三千尺。(猜一成语)

谜底见下一个“智多星”。

七彩板

绝句巨子——杜牧

杜牧最擅长七言绝句。他的绝句不仅在晚唐，就在整个唐代，也是当之无愧的一大家。杜牧自负有出将入相的才能，还朝这方面做过努力，这就使他进行创作构思时，能视点高，视野大，从而使它的绝句境界特别宽广，并寓有深沉的历史感。

清明[1]

杜 牧

清明时节雨纷纷，
路上行人欲断魂[2]。
借问[3]酒家何处有？
牧童遥指[4]杏花村。

看看下面的注释和译文，你就知道它是什么意思了！

①清明：清明节。

②断魂：形容十分伤心悲哀。

③借问：请问。

④遥指：远远地指着。

全诗大意是：清明时节细雨绵绵，路上的行人心烦闷，像是丢了魂似的。请问哪里有酒店？放牛的小孩用手指向远处的杏花村。

博学角

清明节

清明是我国的二十四节气之一。由于二十四节气比较客观地反映了一年四季气温、降雨、物候等方面的变化，所以古代劳动人民用它安排农事活动。清明一到，气温升高，雨量增多，正是春耕春种的大好时节。故有“清明前后，点瓜种豆”“植树造林，莫过清明”的农谚。可见这个节气与农业生产有着密切的关系。

但是，清明作为节日，与纯粹的节气又有所不同。节气是我国气候变化、时令顺序的标志，而节日则包含着一定的风俗活动和某种纪念意义。

清明节是我国传统节日，也是最重要的祭祀节日，是祭祖和扫墓的日子。扫墓俗称上坟，祭祀死者的一种活动。汉族和一些少数民族大多都是在清明节扫墓。

唐诗精选

智多星

说一说

二十四节气歌

春雨惊春清谷天，夏满芒夏暑相连。

秋处露秋寒霜降，冬雪雪冬小大寒。

读了这首歌谣，你能把二十四节按先后顺序正确地表述出来吗？

上一个“智多星”的谜底分别是：出水芙蓉、一帆风顺、风吹草动、山高水长。

七彩板

插柳的风俗

据说，插柳的风俗，也是为了纪念“教民稼穑”的农事祖师神农氏的。有的地方，人们把柳枝插在屋檐下，以预报天气，古谚有“柳条青，雨蒙蒙；柳条干，晴了天”的说法。黄巢起义时规定，以“清明为期，戴柳为号”。起义失败后，戴柳的习俗渐被淘汰，只有插柳盛行不衰。杨柳有强大的生命力，俗话说：“有心栽花花不发，无心插柳柳成荫。”柳条插土就活，插到哪里，活到哪里，年年插柳，处处成荫。

无题

李商隐

相见时难别亦难，东风无力百花残。
春蚕到死丝方尽，蜡炬成灰泪始干！
晓镜①但愁云鬓②改，夜吟应觉月光寒。
蓬山③此去无多路，青鸟④殷勤为探看！

看看下面的注释和译文，你就知道它是什么意思了！

①晓镜：早晨梳妆照镜子。

②云鬓：女子多而美的头发，这里比喻青春年华。

③蓬山：蓬莱山，传说中海上仙山，比喻被思

念者住的地方。

④青鸟：神话中为西王母传递音讯的信使。

全诗大意是：相见不容易，别离也难舍难分，东风无奈，任凭百花凋残。春蚕吐丝到死方能休止，蜡烛烧干了才肯化为灰烬。早晨梳妆对镜只担心青春容颜改变，长夜吟诗却又怜月光凄冷。对方的住处离此路程不远，青鸟啊，烦劳你殷(yīn)勤地多为我去探问！

博学角

作者简介

李商隐（公元813—858年），字义山，号玉溪生，怀州河内（今河南沁阳县）人。他是晚唐诗人，与杜牧齐名，人称“小李杜”。

李商隐的诗歌，有的是抒发自己政治失意的痛苦心情，有的是反映晚唐的政治生活，有的是托古讽今的咏史之作，还有一类描写爱情的无题诗，最为后人所喜爱。

他的诗构思新巧，词藻华美，想像丰富，格律严整，风格婉转缠绵。但有的作品伤感情调比较浓重，运用典故过多，隐晦难懂。

智多星

想一想

唐代诗人中，有“李杜”和“小李杜”之说。你知道他们是哪几位诗人吗？分别说一下他们的代表作品。

七彩板

说说你对“春蚕到死丝方尽，蜡炬成灰泪始干”这句话的理解吧。

金缕衣①

杜秋娘

劝君莫惜金缕衣，

劝君惜取少年时。

有花堪折②直须折③，

莫待④无花空折枝。

看看下面的注释和译文，你就知道它是什么意思了！

①金缕衣：原指金线刺绣的华美衣服，此为唐代乐府新题。

②堪折：可折，能折。

③直须折：就应该折。

④莫待：不要等待，不要等到。

全诗大意是：劝你不要去爱惜华美的衣服，劝你应该珍惜青春年少的时光。鲜花长满枝头时就应该折下，不要等到花凋零的时候，再去攀折那无花的空枝。

博学角

不教一日闲过

齐白石是我国著名的书画家，他非常珍惜时间。九十多岁了仍然每天挥笔作画，一天至少要画五幅。他经常以“不教一日闲过”的警句来勉励自己。

在他九十大寿那天，齐白石的许多朋友、学生前来祝贺。他一直忙到深夜，才把最后一批客人送走。这时他想，今天五幅画还没完成呢，于是打算提笔作画。由于过度劳累，难以集中精力，在家人的一再劝阻下他才去休息。

第二天，齐白石很早就起来作画，家里人怕他累坏身体，都劝他休息。齐白石认真地说：“昨天生日客人多，没有作画，今天可要补昨天的‘闲过’呀!”

智多星

读一读，说一说

吾生待明日，万事成蹉跎。

少壮不努力，老大徒伤悲。

谈一谈你对这两句话的理解和你自己今后的打算。

七彩板

珍惜时间不是说不用时间，而是要合理安排时间。说说你每天是怎么安排时间的，可以找你身边的人帮你提提建议。